Domínio Feminino em Casa

Minha Experiência Femdom

Daniel Siervo

edicação:

ara minha mãe que desde criança, me fez entender que uma mulher é n ser superior.

ara minha esposa, que amorosamente tornou realidade minhas ntasias mais sombrias.

Domínio Feminino em Casa

Índice

Prólogo

O femdom existe. Enquanto muitos homens só fantasiam sobre o domínio feminino ou pagam dominação profissional para fazê-los viver alguns minutos de um prazer que só aqueles de nós que experimentam o domínio feminino conhecem, há um pequeno grupo de nós que ousou levar nossas fantasias além da simples imaginação fazendo do domínio feminino nossa forma de viver. Convido-o a ser um de nós. Leia este livro para compartilhar algumas das coisas que você pode experimentar, algumas você vai gostar de outras não, isso depende do nível de sua natureza submissa. Se você não ousa vivê-lo e prefere deixá-lo à sua fantasia, então eu o convido a ler este livro para ter uma idéia do que está perdendo. Por enquanto.

Meu treinamento inicial

Cresci como filho único com duas irmãs mais novas e uma mãe solteira. Minhas duas irmãs eram filhas do último marido de minha mãe que havia morrido quando eu tinha 7 anos e suas filhas, minhas meias-irmãs 5 e 3. Então eu era o mais velho de três irmãos em um relacionamento fugaz do qual minha mãe não gostava de falar. O que eu percebo é que este homem, meu pai, que eu nunca conheci e de quem ela nunca me falou, partiu o coração de minha mãe e é por isso que ela foi tão dura e rigorosa comigo e sempre colocou minhas irmãs acima de mim, deixando claro para mim que eu deveria desistir de meu próprio bem-estar e desejos pelo bem das três.. Mas isto, ao contrário do que você possa pensar, não me prejudicou; pelo contrário, fez de mim um bom homem, útil à sociedade, minha esposa e minha filha.

Quando criança, meu dia começava às 5 horas da manhã, eu tinha que fazer minha cama e a de minhas duas irmãs, ai de mim se eu deixasse uma ruga em suas camas, elas me acusariam a minha mãe e ela me repreenderia na frente delas, as meninas só iriam rir de mim. Um dia, para me castigar, minhas irmãzinhas me obrigaram a me vestir de menina e a sair do apartamento. Quando eu reclamei com minha mãe, ela as apoiou. Fiquei muito envergonhado, mas foi uma experiência de aprendizado. Também quando íamos para a escola minha mãe, que nos levava a pé, obrigava-me a carregar não só minha mochila, mas também a de uma de minhas irmãs. Quando voltávamos da escola eu ajudava minha mãe em todas as tarefas enquanto minhas irmãs brincavam, quando elas terminavam de brincar, eu tinha que pegar seus brinquedos, quando terminávamos de comer era eu que pegava os pratos de todos da mesa e eu tinha que lavá-los, secá-los e guardá-los.

Algo mais que me fez muito bem contribuindo para minha atual natureza fetichista submissa é que quando elas lutaram ou fizeram algo ruim e foram atingidas, eu também fui atingido. Isso me fez mais empático com o sexo feminino.

Quando eu contei à minha mãe fofoca porque elas tinham escondido um dos meus brinquedos ou estavam conspirando para me provocar, eu era quem era castigado. Mamãe me ensinou que as mulheres deveriam ser respeitadas e não faladas, até mesmo encobertas e assumir a culpa, se necessário, para salvá-las. Um homem, a mãe me ensinou, só podia falar de uma mulher para elogiá-la. Minhas irmãs riram e gostaram muito disso. Quando me tornei um adolescente e comecei a ter namoradas, achei-as brandas e estúpidas até que finalmente conheci minha esposa que embora ainda não demonstrasse todo o seu potencial dominante estava surgindo em minha mente como uma excelente dominadora. Sua beleza, seus calcanhares e maneirismos me fizeram sentir submisso. E é claro que fiz o meu melhor para desenvolver ao máximo a sua natureza dominante.

Nos primeiros anos de casamento eu não sabia como fazer isso. Desencantado com seu respeito e gentileza, comecei a procurar outras mulheres, como todo homem com a diferença de que na maioria das vezes eu só as tinha para dar-lhes dinheiro (sem compensação), sustentá-las em casa e servi-las o máximo que podia, o que me fez sentir útil e feliz. Outra coisa que comecei a fazer muito cedo foi contratar dominatras profissionais, embora isso não fosse muito fácil de conseguir em minha cidade e elas fossem caras. Este foi o caso até que minha esposa descobriu que eu pagava todas as despesas a uma delas (somente em troca de insultos por meio do whatsapp), a fim de me sentir submisso), especialmente eu pagava as despesas relacionadas aos seus cuidados pessoais (ginástica, seguro, cursos de preparação, manicure, pedicure e cabeleireiro). Então minha esposa e eu estávamos à beira do divórcio, mas finalmente e depois de muita conversa (a comunicação é importante em um casal) ela decidiu me dar outra chance e tomar o controle da minha vida.

Felizmente eu tive apenas uma filha (uma fêmea), e hoje eu vivo e morro por ela e por minha esposa. Depois daquele evento que minha esposa e eu tivemos quando ela me descobriu pagando as despesas de outra, comecei a fazer todas as tarefas domésticas, incluindo lavar e passar as roupas dela, a dela e a de nossa filha, que era muito jovem. É por isso que minha filha cresceu vendo como normal que eu tivesse que lavar as roupas de ambas, secá-las, dobrá-las e guardá-las, e hoje ela é uma mulher adulta ainda mais dominante do que sua mãe, feliz pelo homem que se submete a ela. Minha submissão serviu como uma educação para nossa filha.

Como naquela época eu trabalhava como tradutor em casa (os documentos me foram trazidos para tradução) e minha patroa era professora da escola de manhã e à tarde, a princípio isso servia de desculpa para fazer parecer natural que eu estivesse encarregado da lavanderia e de todas as tarefas domésticas, de modo que quando ela chegava da escola no final da tarde eu tinha a casa varrida e arrumada, o jantar cozinhado, as roupas limpas e todas as coisas da cozinha também limpas. Ela começou a me bater (com muita força) quando eu faltava de algum trabalho de casa, mas às vezes ela me batia (com a alça nas costas) sem eu ter feito nada de errado, sua explicação era que desta forma minha mente se acostumou ao fato de que ela era minha rainha e não precisava de desculpas para fazer comigo o que ela quisesse. Funcionou.

Todas as noites depois do jantar eu consertava o uniforme da menina (como fazia quando criança com minhas irmãs) e perguntava à minha senhora o que ela ia vestir no dia seguinte, e antes de ir para a cama eu passava a ferro e o consertava para ela.

Um dia, em parte porque eu tinha um grande lote de traduções para fazer, e isso era importante, relaxei com meu dever de casa e quando ela chegou ela não preparou o jantar (a menina também não tinha comido), mas o que ela conseguiu foi um pilha de pratos sujos no lavatório. Ela atirou vários pratos para o chão e obrigou-me a varrê-los, depois trancou-se no quarto comigo, fez-me tirar a camisa e bateu-me nas costas e nádegas com o meu próprio cinto. As minhas costas ainda me doem quando me lembro. Compreendi que embora as minhas actividades fossem importantes, os meus deveres para com ela eram sempre mais importantes, por isso a coisa certa a fazer era satisfazer os meus clientes, sem esquecer de satisfazer primeiro a minha senhora. Se a mente compreende isso, encontra-se uma forma de o fazer.

Alguns dias depois, minha esposa me pediu desculpas e confessou que o que havia acontecido era que ela havia chegado frustrada da escola porque havia sido acusada de maltratar um aluno e um processo havia sido arquivado contra ela. Ela ficou tão perturbada e frustrada com a injustiça da situação, porque não havia maltratado o menino, que quando chegou em casa e viu a bagunça no lavatório, e a menina sem comida, ela explodiu. Naquele dia, depois de me insultar, ela me fez sair da sala e pedir desculpas à minha filha por não tê-la alimentado a tempo. Ela me humilhou na frente dela e me obrigou a cozinhar naquela hora. Foi somente depois de atender a ambas que pude continuar com minhas traduções.

A menina cresceu neste ambiente e se acostumou ao fato de que eu tinha que servir às duas, colocando-as acima de minhas próprias coisas, assim como minha mãe e minhas irmãs. Isto resultou em muito bem-estar para minha filha, que não se deixa enganar por homens que só querem se aproveitar dela. Ela sabe que é a mulher que deve tirar proveito do homem.

No dia do meu primeiro açoitamento, minha Senhora percebeu que poderia literalmente fazer o que quisesse comigo, até mesmo tirar sua raiva terapeuticamente das minhas costas e bolas (chutando-me) e eu a suportaria, pois minha missão era seu bem-estar e seu prazer. Não meu. Foi a partir daí que ela começou a me bater duas ou três vezes por ano, sem nenhuma razão, apenas para "me afinar", como ela disse. Isso nos fez muito bem aos dois, me colocou no meu lugar e me excitou muito e a fez desenvolver ainda mais sua natureza dominante.

A chave para o verdadeiro amor é dar, não receber. Durante muito tempo na sociedade, os homens têm buscado seu próprio bem e seu próprio prazer às custas das mulheres. Por mais que o verdadeiro amor esteja em fazer a mulher sentir prazer, em dar-lhe bem estar e, se necessário, como foi naquele momento da minha primeira surra, servir como uma pêra de boxe terapêutico, porque o fato de ela se sentir melhor depois de bater em você furiosamente, será um prazer maior que um orgasmo, é claro, desde que haja amor. A mulher dominante não é como o homem dominante, se ela te bate e te castiga ela o faz com amor e no final das contas é sempre para o seu próprio bem, mesmo que no momento você não possa entendê-lo.

Naquela noite da minha primeira surra, adormecemos muito tarde, conversando. No final da conversa antes de adormecer, ela já estava certa de que eu seria sempre, a partir de então, seu apoio para caminhar, seu palhaço para animá-la, seu saco de boxe para ficar mesmo sem desculpas, seu assento se ela estivesse cansada, seu provedor em todos os momentos, seu cúmplice, tudo.... E que a única recompensa que eu estava procurando era que ela se sentisse feliz e satisfeita (em todos os sentidos), uma situação da qual ela sabia tirar proveito muito bem, de modo que a partir daquele dia eu tomei o lugar que todo homem deveria ocupar.

Masturbação

Descobri a pornografia quando eu tinha treze anos. Durante uma visita a um tio (irmão de minha mãe) encontrei uma revista em sua gaveta e pensando nas mulheres que eu havia visto ali, passava longas horas à noite antes de ir dormir me tocando e tendo fantasias femdom sobre essas mulheres. Eu imaginava que estava vivendo com elas e elas eram mais cruéis do que minha mãe e minhas irmãs, e isso me excitava muito. Uma noite eu estava tão excitado que meu pênis explodiu como um vulcão e molhei a cama, foi a primeira vez que ejaculei. Com o tempo descobri como me tocar para que a descarga chegasse com segurança e mais rápido e finalmente me viciei em masturbação. O problema é que quando você é casado, estas ejaculações solitárias o tornam mais preguiçoso quando se trata de cumprir sua esposa. Minha esposa descobriu que eu tinha este hábito sórdido que me fez estar sempre indiferente, e embora eu lhe tenha prometido repetidamente que iria parar, o vício era mais forte do que eu.

Finalmente, ela, a conselho de uma leitura que fez em um blog femdom na internet, me comprou um dispositivo de castidade masculina, uma pequena gaiola que foi colocada no pênis e mantida no lugar por um anel que contornava a base dos testículos. Após alguns anos, ela trocou-o por um dispositivo mais pequeno porque esse me dava espaço para o meu pênis crescer um pouco. O dispositivo tinha uma chave sem a qual não podia ser aberto. Minha esposa exigiu que eu usasse o aparelho e manteve a chave que ela usava (até hoje) pendurada entre seus seios ou no tornozelo esquerdo. A partir de então, eu só liberaria meu sexo para seu prazer quando ela precisasse, pois o dispositivo permitia a micção. Não era uma opção, ou era isso ou nos separávamos. Eu realmente não queria me separar e começar uma nova vida, especialmente nesta época em que tínhamos começado a explorar o femdom. Afinal, o que quer que ela tenha feito, sempre funcionou no final para o benefício da família.

Assim, decidi dar a mim mesmo uma chance de usar o dispositivo e manter nosso casamento.

Nunca mais me masturbei por minha livre vontade, não tive a chance. Eu só me libertaria sob sua supervisão por alguns minutos por semana para me lavar bem e me encerar, já que o aparelho é inoxidável e me permite tomar banho com ele (a propósito, eu também a encero a ela). Ela também me libertou, a princípio para ter sexo com ela, mas depois de perceber que depois de penetrá-la eu me tornava arrogante e dominante ela decidiu que eu só penetraria nela com um dildo preso à minha boca ou à minha cintura e ela me permitiria orgasmar de vez em quando com seus pés ou seus sapatos.

No início estas ejaculações, supervisionadas por ela, eram duas vezes por semana, depois ela as reduziu a uma vez por semana e agora uma vez por mês, se eu me comportar bem, caso contrário, continua por mais um mês e até que chegue um mês em que eu não tenha sido repreendido ou falhado e ela me recompensa fazendo-me ejacular com seus pés.

Resultado: Estou mais atento no serviço diário de suas necessidades, mais fervoroso na cama, porque embora não a penetre com meu pênis temos muita atividade sexual, mais do que antes, penetro nela com minha língua e com seus brinquedos que ela comprou para que eu lhe desse prazer, acaricio com minhas mãos, beijo-a da cabeça aos pés, faço-a feliz. Esqueci a masturbação e aprendi a ser feliz com um orgasmo por mês, geralmente provocado com seus pés, orgasmos que são muito prazerosos, libertadores e quentes, além disso, ela é muito feliz porque em nossa cama, nunca houve tanto fogo antes.

Sexo Oral

Como homem chego ao orgasmo muito facilmente só por querer, mas há vinte anos eu e minha senhora concordamos que nas relações sexuais o fim deve ser o prazer dela e não o meu, meu prazer deriva do prazer que ela recebe, não é independente do dela, mas totalmente dependente do prazer dela. Se ela não recebia prazer, o sexo foi um fracasso, se ela recebia prazer, eu fico satisfeito.

Como depois de atingir o orgasmo meu desejo se vai, ela encontrou a solução proibindo a penetração para que eu primeiro lambesse sua xoxota, até que minha dona chegue ao orgasmo, às vezes até várias vezes e depois com um dildo que se encaixa na minha cintura ou na minha boca e substitui meu pênis, então eu lhe dou o prazer. Meu pênis fica frustrado, no início dentro da roupa íntima e agora trancado na gaiola de castidade.

Os primeiros cinco anos praticando o femdom, depois de estar satisfeita, ela me permitia penetrá-la até eu atingir meu orgasmo, o que com o grau de excitação que eu já havia alcançado era muito rápido, por causa disso, somado ao fato de que depois do orgasmo eu me tornava rude e preguiçoso, ela começou a me proibir de penetrá-la por semanas, e depois por meses, fazendo-me satisfazê-la repetidamente até que ela estivesse exausta, mas sem penetrá-la com meu pênis. De vez em quando, a princípio a cada duas ou três semanas e agora a cada quatro ou cinco meses ela me permite ejacular em um de seus pés, ou com masturbação supervisionada em um de seus sapatos de salto alto, claro que depois de fazer isso eu tenho que limpar e perfumar seus pés com creme ou limpar muito bem seus sapatos. Estas ejaculações autorizadas (as únicas que tenho) ela me permite como recompensa por algo muito bom que fiz, por algum sucesso que ela mesma obteve, ou às vezes até mesmo como surpresa (o que é muito raro, mas acontece), simplesmente porque ela está de bom humor.

Para não me aborrecer enquanto lhe faço sexo oral, conto os números de um a mil, enquanto passo a língua ritmicamente ao redor de seu clitóris e para cima e para baixo e chupo. Outra técnica que utilizo é escrever com minha língua o alfabeto de "A" a Z, em letras maiúsculas e depois em letras pequenas, uma e outra vez, até que ela finalmente termine e eu beba seu néctar. Muito freqüentemente minha Senhora me pede depois que eu a faço vir com minha língua para chupar o traseiro dela por dez ou quinze minutos. Depois desse ritual, quando ela se cansa, empurra minha cabeça com as mãos ou me dá uma leve pancada e me diz: "vai, vai", às vezes fico tão excitada com meu pênis trancado, que não quero parar e continuar, então ela me dá uma leve pancada na cabeça e eu obedeço.

Em algumas ocasiões ele urina na minha boca (aviso prévio), e eu tenho que engolir tudo sem desperdiçar uma única gota, se eu deixar a cama ficar molhada eu sou punido. Também já aconteceu algumas vezes, não sei se ele faz isso de propósito para me testar, que ele peidou enquanto eu chupava seu traseiro, mas tive a prudência de fingir ser louco e continuar com meu trabalho. O que eu faço para evitar qualquer cheiro desagradável é respirar pela boca e continuar a dar-lhe prazer.

Há dez anos atrás eu trapaceava e em minha solidão eu assistia à pornografia e me masturbava, mas ela descobriu meu hábito feio, então me fez comprar e usar uma gaiola de castidade apertada cuja chave ela sempre usa pendurada entre seus dois seios ou em um de seus tornozelos para me lembrar sempre, em público e em particular, cada vez que a vejo qual é o meu lugar, isso me excita muito. Como ela fez isso, eu só tenho orgasmos que são supervisionados por ela, quando ela é boa o suficiente para me liberar. Isso me excita tanto que às vezes só com o som de seus pés no meu pênis me faz ejacular.

Embora agora ela nunca me permita entrar nela, o prazer que recebo de servi-la e o desejo acumulado por tantos dias sem ejacular me dão um prazer mil vezes maior que o orgasmo tradicional que os homens que não conhecem a femdom têm, um orgasmo que eu não preciso mais nem quero.

Do Tempo Livre

Antes de explorar o femdom com minha esposa, nos fins de semana eu gostava de ir jogar beisebol, beber com meus amigos ou passá-lo com uma amante ou visitar dominatrizes profissionais. Desde que minha senhora assumiu o controle, eu não faço mais o que quero nos fins de semana, faço o que ela quer, o que é a mesma coisa porque meu desejo é fazer a vontade dela. Ele me fez fazer cursos de cabeleireiro, foi muito angustiante para mim porque eu não estava acostumado a ser visto como sendo gay, não sou, mas foi o que eles pensaram de mim no início. Homens que não são gays fazem cursos de barbeiro principalmente para atender homens, mas eu estava estudando cabeleireiro com mulheres e homens gays. Tive que humilhar meu ego machista e me acostumar com os risos e as provocações. Minha esposa me pegava e me levava ao curso para que ficasse claro que ela me tinha debaixo do controle, no início eles pensavam que eu era um amigo dela, e como eles gozavam comigo quando descobriam que eu estava fazendo os cursos para servi-la! (ela mesma se encarregou de lhes dizer). Mas no fundo eu percebi que algumas mulheres teriam gostado de ter um marido que cuidasse delas e as mimasse como eu fazia com minha esposa.

No dia da formatura, minha esposa trouxe uma amiga dela, uma vizinha que era amiga íntima dela, que estava ciente da minha submissão e serviu de modelo para o exame final. Fiz o cabelo dela alisado, cortado e pintado. Todas elas me aplaudiram, eu estava feliz porque minha patroa estava orgulhosa de mim. Eu não sabia o que me esperava.

Naquela noite, para celebrar ela me fez beber um copo inteiro de sua urina e acariciou meu pênis com seus pés até eu ejacular, como um prêmio especial ela mesma o limpou. Depois, é claro, ela me colocou de volta na minha jaula de castidade.

O tempo livre que eu tinha nos fins de semana foi reduzido porque eu tinha que secar o cabelo dela todos os sábados, pintar o cabelo a cada três semanas, e também comecei a secar o cabelo de nossa filha. Entretanto, como parecia à minha Senhora que eu ainda tinha muito tempo livre (passava longas horas na mídia social ou assistindo TV aos sábados e domingos), ela espalhou a notícia entre as vizinhas e seus amigas de que eu estava secando o cabelo, pintando e cortando cabelo. Era o fim do meu tempo livre nos fins de semana, eu tinha que servir não só ela e nossa filha, mas também as vizinhas e seus amigas. Minha filha às vezes levava seus amigas para secar o cabelo de graça, como aquelas garotas gozavam comigo! Claro que foi minha Senhora que cobrava pelo serviço que prestamos ao público e quando tinha que fazê-lo eu mesmo porque ela não podia me acompanhar, tinha que entregar todo o dinheiro a ela. Então foi assim que me tornei tradutor durante a semana e cabeleireira nos fins de semana.

Quando o trabalho de tradução se tornou escasso, ela me fez trabalhar como cabeleireira também durante a semana, sempre falando com os clientes e perguntando-lhes o que achavam do serviço e como eu me comportava. Quando eu ia sozinho, como tinha meu pênis preso na gaiola, não ousava ser infiel para não ter a pena de não poder responder por ter meu pênis na gaiola. Algumas das clientes me provocavam e flertavam comigo, mas eu não podia brincar por causa do dispositivo de castidade e também temia que fosse uma armadilha de minha dona em conluio com a cliente para ver se eu era infiel. Uma vez ela me parabenizou e me recompensou com uma meia-calça suja no nariz e uma calcinha na boca por ter recusado uma oferta de uma amiga dela, ela disse que foi idéia dela ver se eu estava sendo bom.

Quando eu estava começando no cabeleireiro, ela uma vez me fez tirar minha camisa e me deu 20 tapas nas costas por ter cortado alguns centímetros a mais nas pontas do cabelo dela, mas quando minhas mãos intuitivamente sabiam onde cortar, como pintar e secar seu cabelo, ela me disse que eu deveria continuar me preparando para meu papel de doméstica e que eu deveria aprender a fazer pedicure e manicure.

Fiz vários cursos e, assim como com a cabeleireira, comecei a atendê-la e então ela começou a me explorar fazendo as mãos e os pés das vizinhas e das amigas. Embora todo o dinheiro fosse cobrado dela e muitas vezes eu me cansasse de ter minha cabeça baixa trabalhando nos pés de tantas mulheres, devo confessar que eu gostava muito (e ainda gosto) de fazer os pés não só de minha esposa, mas de cada mulher que eu tinha que atender porque tenho tido um forte fetiche pelos pés das mulheres desde criança, desde que uma tia, irmã de minha mãe, colocou seus pés nas minhas costas enquanto eu assistia TV. Esta paixão pelo que eu fazia me conquistou muitas clientes, atendia com o mesmo amor a jovens e velhas, bonitas e feias, o simples fato de ser mulher as tornava superiores e para mim era um prazer atendê-las.

Chegou o momento em que minha esposa me disse que eu não iria traduzir mais porque ela era paga mais pelo meu trabalho como manicure, pedicure e cabeleireira do que ela era paga pelas traduções. Foi então que ela se demitiu do liceu e começou a me explorar até o punho. O fato de ter sido ela e não eu quem decidiu o que eu tinha que fazer e qual seria o meu trabalho me excitou e me tornou mais submisso. Ela me comprou livros sobre cuidados com a pele, massagens, depilação.... Aos 35 anos de idade eu já era totalmente dedicado à minha Patroa e à minha filha, que já era uma adolescente orgulhosa e bonita. Quando não atendia minha Senhora, eu atendia os clientes que ela me designava. Eles nunca me chamavam, era minha Senhora quem atendia as chamadas e fazia minha agenda de tudo o que eu tinha que fazer a cada dia e aonde e a que horas eu tinha que ir. Quando ela estava em casa, eu tinha que me dedicar a ela. Eu não via mais TV ou internet, era ela quem assistia TV ou navegava na internet enquanto eu cheirava e beijava seus pés, penteava seus cabelos ou a fazia sexo oral. Às vezes ela me fazia assistir à novela com ela, ela dizia que isso me deixava sensível. Acabaram-se os programas para homens. Pouco a pouco, eu peguei o jeito.

Foi assim que meu tempo livre se esgotou. Às vezes ela me dava o dia de folga, mas apenas para ler ou assistir a um vídeo que ela escolheu cuidadosamente, quase sempre dedicado ao cuidado e cuidado do corpo feminino ou tópicos relacionados. No início, se o vídeo ou a leitura me entediavam, eu não lia ou assistia a nada ou fazia outra coisa e lhe dizia que eu tinha visto, mas depois minha Patroa me perguntava, livro ou vídeo em mãos, sobre o que eu tinha aprendido e, se eu não soubesse como responder, ela me fazia me despir e me batia nas nádegas com os calcanhares até sangrar, de modo que agora eu levo muito a sério quando ela me envia para ler um livro ou assistir a um vídeo, e devo confessar que foi em meu benefício.

Já não como demais, porque ela me atribui minhas porções de comida, não bebo, não festejo com meus amigos e não vejo TV, mas com ela. Como me sinto sem tempo livre para mim mesmo? Como um macaco perfeito, Seu macaco, Seu boneco, Seu próprio imbecil particular, para me ridicularizar, para me humilhar em público e privado e, acima de tudo, para fazê-la feliz.

Da minha comida como escravo

Embora geralmente seja eu quem cozinha em casa, às vezes minha Senhora quer cozinhar. Quando isso acontece, ela adiciona um toque especial ao meu prato. Ou à massa com a qual ela prepara minha comida ou ao prato já cozido como tal (só meu, claro, não da menina) ela agrega ingredientes como o pó dos pés (que coletamos quando lhe dou uma pedicure), uma saliva ou ela até limpa o nariz na minha comida ou adiciona gotas de sua urina. É claro que ela faz isso na minha frente porque a verdadeira função não é a mudança de gosto, mas a humilhação de mim sabendo o que ela fez e ainda comendo a comida. Trata-se de trabalhar na minha mente para me quebrar e me fazer sentir inferior a ela e que lhe devo toda a devoção e adoração. Isto, claro, eu sei, mas reafirmar isso dia após dia com fatos como este o torna mais aparente e mais real.

Quando estamos sozinhos, mesmo que eu tenha sido o único cozinheiro, ela normalmente coloca meu prato no chão e sacode seus pés divinos sobre ele, se vamos beber ela me pede meu copo e cospe nele rindo de mim ou acrescenta um salpico de urina. Jogamos este jogo com muita freqüência e ele é muito eficaz, na verdade eu não procuro mais domininas profissionais, não precise delas, nem quero outra mulher em minha vida que não seja minha Patroa. Ela me dá o que eu mereço e me mantém onde eu pertenço: aos seus pés.

Escatofilia

Um dia, minha esposa me fez ver vídeos de dominatrizes sentadas em um aro como um vaso sanitário, mas onde o homem se sentava no fundo para receber seus excrementos diretamente e comê-los. Os vídeos me excitaram muito, mas tive um pouco de medo de torná-los realidade porque sei que podem levar a infecções e doenças. Avisei minha senhora e concordamos que ela só o usaria como castigo quando eu a desobedecesse como uma das punições possíveis. Mas também eu não comeria suas fezes, ela evacuaria (na minha frente) por exemplo no chão e eu teria que limpá-la e desinfetar tudo (sem luvas), isso também poderia ser feito no meu peito ou mesmo no meu rosto para que eu recebesse a humilhação por um longo tempo até que ela me mandasse jogar fora e me limpasse.

Devo dizer que minha senhora é muito condescendente e que poucas vezes ela me tem castigado desta maneira. Mas devo dizer também que uma parte de mim desfruta muito da punição. Como resultado, sou mais submisso e a amo mais.

Uma vez, numa espécie de aposta, ela trouxe uma amiga para me fazer praticar escatofilia na sua frente, a amiga não podia acreditar, e me observou cuidadosamente. Finalmente, minha senhora evacuou meu rosto e, naquela ocasião, ordenou que eu o engolisse para que sua amiga pudesse vê-lo e exibir-se diante dela. Eu estava assustado e confuso e não sabia se ela estava falando sério, mas ela gritou muito seriamente "ENGOLA" e me chutou, o que me fez entender que eu tinha que fazer isso. Foi difícil, mas eu o fiz por ela. A melhor coisa a fazer, se é a sua vez, é engolir rapidamente sem mastigar muito. A amiga riu e ela também, e então eu terminei e abri minha boca vazia para ser vista vazia. A amiga perguntou se ela poderia fazer o mesmo comigo e minha esposa, um pouco bêbada, disse que sim sem vacilar. Eu tive que comer uma porção dupla. Eu não sei realmente porque minha esposa fez isso ou qual foi a aposta que ela fez. Ela me disse no dia seguinte que seria a última vez que me obrigaria a comer seu cocô, eu lhe agradeci pela minha saúde mas, embora eu tenha levantado com um pouco de dor de garganta e ela me deu algo para acalmá-la, em meu íntimo eu queria (e ainda quero) que acontecesse novamente um dia e comesse seu maná divino dela e de todas as amigas que ela pedir.

Um escravo integral

Ser um escravo - e estou falando de um escravo de verdade para sua esposa, não de uma relação remunerada onde você contrata uma dominadora para humilhá-lo - envolve muito mais do que ser seu servo. Como escravo de minha Senhora, não só a sirvo sexual e economicamente, mas também emocionalmente, isto implica que devo me preparar no que ela gosta (séries de TV, filmes, livros, espetáculos). Tudo o que ela gosta, eu devo incluir em minha lista de interesses para poder conversar ou trocar idéias que lhe agradam, a divertem e a entretêm, que a alimentam, então eu sou para ela o melhor amante, o melhor amigo, seu cúmplice e ela gosta de compartilhar comigo. Há coisas que, por causa da minha natureza de homem, não me atraem, mas se eu me esforçar, vou ter um gosto por elas. É importante que você verifique com sua esposa o que ela quer e o que ela não quer compartilhar com você, pois é provável que alguns tópicos ela não queira compartilhar com você, mas com uma amiga, mãe, irmã, etc. Quanto ao resto, tente impregnar-se do que ela gosta e fazê-la feliz, porque eu lhe digo por experiência própria, você não encontrará maior prazer do que servir a sua Senhora.

Cornudo

Sou um homem tradicional, no sentido de que não gosto de compartilhar minha esposa. Contudo, um dia minha esposa, que desde que comecei a estimular sua natureza dominante não consegue parar e está sempre procurando novas maneiras de experimentar o femdom, me propôs que para elevar nossa experiência ela deveria ter o direito de ser infiel a mim. "Minha submissão não vai tão longe, desculpe, todos nós temos um limite", gritei em alarme. Tivemos uma longa discussão. Ela explicou: "A idéia é não ser infiel a você". Estou feliz com você. A idéia é que o fato de eu ter o direito de ser infiel, mesmo que eu não exerça esse direito, será mais um grau de humilhação para você...". Pense sobre isso. Acho que tenho o direito de passar a noite com um amante. Você não pode me reivindicar, basta olhar para baixo, beijar meus pés e esquecer. Não o farei, acho que não o farei, mas se um dia quiser passar a noite na casa de uma amiga numa reunião de meninas sem você, tenho o direito de fazê-lo sem lhe dar nenhuma explicação e, claro, sem pedir sua permissão. Como bom submisso, você deve assumir que não estou sendo infiel a você, você não tem o direito de perguntar, suspeitar ou inquirir. Você pode fazer isso, eu lhe asseguro que não terá nada de errado, mas isso seria mostrar desrespeito e desconfiança para com sua Senhora, o que valeria uma punição máxima, comendo meu cocô, por exemplo. O comportamento que espero de você é confiança, é respeito, e desconfiança é desrespeito por sua Senhora. Você deve confiar em mim e nunca duvidar. Esse exercício mental é uma humilhação profunda - veja, eu posso ficar fora a noite toda, mas você não pode! Hahaha, como você acha"?»

Minha Senhora realmente me convenceu. Isso foi há cerca de oito anos, durante os quais ela dormiu fora três vezes, a primeira vez não aguentei, eu a questionei, verifiquei seus álibis e tudo estava bem, ela não tinha sido infiel comigo. Fui um tolo em desconfiar dela.

Consequentemente, fui punido com uma boa porção de merda diretamente do seu traseiro até a minha boca. Tive que engoli-la. Nos tempos seguintes senti-me muito humilhado, mas muito excitado. No dia seguinte eu a servi com mais devoção e isso a tornou maior e mais poderosa diante de mim.

Escravidão financeira

Quando eu estava no início dos meus vinte anos, eu estava gastando generosamente com outras mulheres além de minha esposa. O resultado: minha casa estava vazia, minha esposa estava triste, e outras casas estavam se abastecendo do meu dinheiro. Depois do dia em que ela me bateu por não ter o jantar pronto para ela quando chegou, ela gradualmente me dominou, diminuindo minha liberdade... O último passo foi assumir minhas finanças, com o que concordei porque já havia sido preso pelo poder do femdom em minha própria casa e queria experimentar um nível mais elevado. Resultado: minha casa é fornecida, minha esposa está feliz e eu estou feliz porque só de pensar que tudo o que ganho é para dar a ela me dá uma sensação fabulosa de excitação e me motiva a trabalhar mais e melhor, o que quer que eu faça.

Dei a minha esposa as senhas do caixa eletrônico e da Internet para todas as contas bancárias que tenho, para que ela pudesse trocá-las e usá-las a seu gosto sem pedir permissão ou explicação. Eu lhe dei a senha do meu telefone para que ela pudesse receber as senhas que lhe foram enviadas pelo banco. Este acesso ao meu telefone celular também serviu para dar-lhe mais poder e ela exigiu minhas senhas de mídia social e de e-mail, que tenho que deixar abertas o dia todo no meu computador em casa, à vista dela e de nossa filha em todos os momentos. Como resultado, eu naturalmente me afasto de flertar com outras meninas como sei que serei descoberto imediatamente, como conseqüência acabei sendo um homem totalmente fiel e submisso à minha esposa.

Não há mais privacidade para mim, não tenho direito a ela, não escondo nada dela, é claro que minha esposa tem direito à privacidade, isto aumenta sua superioridade.

Como ela me pediu acesso às minhas contas, tudo o que eu ganho é dela e o que ela ganha é dela. Minha Patroa lida completamente com o dinheiro como lhe agrada. Normalmente as mulheres são mais criteriosas do que nós homens quando se trata de gastar dinheiro, elas investem em si mesmas, o que é um bom investimento, na casa, que também é um bom investimento e, claro, nas crianças, em nosso caso nossa filha. Tudo bem gasto. Quando eu estava lidando com o dinheiro que gastei com mulheres e álcool, o que me deixou com um profundo sentimento de culpa e desconforto depois. Por que eu digo que é um bom investimento quando minha esposa quer gastar o dinheiro em cremes, produtos de beleza, roupas e sapatos, por exemplo? Porque a faz parecer mais bonita e se ela parecer mais bonita, eu estou mais feliz.

Quanto a mim, minha esposa só me dá (às vezes) notas de um dólar. Afinal de contas, eu quase não preciso de dinheiro. Quando vamos às compras eu lhe trago as sacolas e ela paga, mas com meus cartões para me humilhar em público. Em vez de passar o dinheiro por suas contas e pagar com suas contas, ela paga com meus cartões para deixar claro que meu dinheiro é todo dela. Quando tenho que sair sem ela, pago com as notas de um dólar que ela me deu, das quais às vezes, quando consigo cobrar mais de 20, ela tira algumas ou todas elas de mim para que ela possa ter notas pequenas. É claro que isto me neutralizou completamente de entrar em um bar ou sair com outras mulheres. Sem dinheiro, é impossível.

Quanto às roupas, ela me fez usar os mesmos ternos e calças por dez anos ou mais, e só me compra roupas (à sua escolha) quando é estritamente necessário, ou ela quer que eu use alguma coisa. Afinal, é ela quem tem que ficar bonita, não tenho que impressionar ou parecer bem para mais ninguém além dela.

Devo confessar que dar-lhe poder absoluto sobre minhas finanças me trouxe não apenas os benefícios acima, dos quais existem suficientes, mas também um estado perene de excitação e gratidão. Muitos homens têm a fantasia de ser escravos de uma mulher dominante. Eu tenho a alegria de viver essa fantasia todos os dias da minha vida.

Convido você a viver o prazer do femdom ao máximo com a mulher de sua vida, não até os limites que eu alcancei, mas até o máximo que sua natureza submissa lhe permite. Nenhum dos dois se arrependerá.

Últimas Palavras

Se você é suficientemente submisso, deixe sua pontuação e comente e comente no amazon. O que, é uma humilhação? É disso que se trata, deixar que todos conheçam seu lugar, meu lugar, o lugar de cada homem.

Uma maneira de declarar sua natureza submissa à sua Lady é dar a ela uma cópia deste livro impresso embrulhado em papel de presente. Convido você a sair do armário e viver sua natureza submissa ao máximo. A vida é uma.